ALFAGUARA

ALFAGUARA

UN DÍA DE LLUVIA

D.R. © Del texto: Ana María Machado, 2003
D.R. © De la traducción: Atalaire, 2003
D.R. © De las ilustraciones: Francesc Rovira, 2003
D.R. © Santillana Ediciones Generales, S.L.
   Torrelaguna 30. 28043 Madrid
   Teléfono: 91 744 90 60

D.R. © De esta edición:
Santillana Ediciones Generales, S.A. de C.V., 2004
Av. Universidad 767, Col. Del Valle
México, 03100, D.F. Teléfono 5420 7530
www.alfaguarainfantil.com.mx

Éstas son las sedes del Grupo Santillana:

ARGENTINA, BOLIVIA, CHILE, COLOMBIA, COSTA RICA, ECUADOR, EL SALVADOR,
ESPAÑA, ESTADOS UNIDOS, GUATEMALA, MÉXICO, PANAMÁ, PERÚ, PUERTO RICO,
REPÚBLICA DOMINICANA, URUGUAY Y VENEZUELA.

Primera edición en Santillana Ediciones Generales, S.A. de C.V.: agosto de 2004
Primera reimpresión: febrero de 2006
Segunda reimpresión: febrero de 2007

ISBN: 968-19-1538-0

Cuidado de la edición: Alicia Rosas Castillo
Formación: Rosina Claudia Tapia Márquez

Impreso en México

Este libro terminó de imprimirse en febrero de 2007 en Centro de negocios Pisa, S.A. de C.V., Salvador Díaz Mirón 199, col. Santa María la Ribera, 06400, México, D.F.

Un día de lluvia

Ana María Machado
Ilustraciones de Francesc Rovira

ALFAGUARA

4

—¡Guillermo, ven! —le dijo
su mamá—. Han venido Isabel y
Enrique a jugar contigo.
Pero no pueden salir.
Va a llover.

Oyeron un trueno.

Y vieron unas nubes oscuras.

Después comenzaron las gotas
de lluvia.

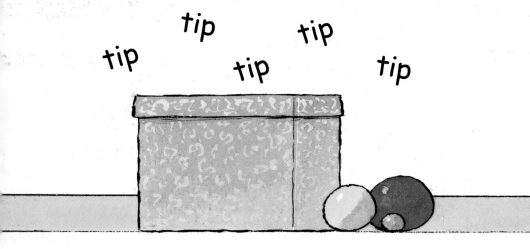

Los niños se cansaron de ver correr
las gotas por el cristal.

Entonces viajaron
montados sobre elefantes.

Fueron a una cabaña en el bosque.

Luego hicieron una
caravana de carretas.

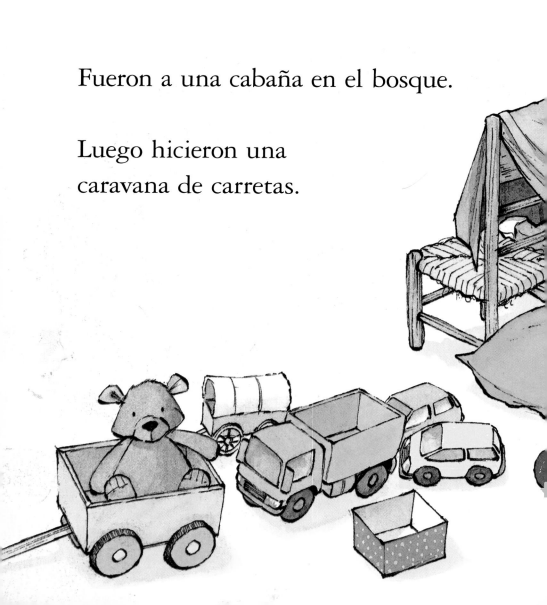

Atravesaron un precipicio
por un puente peligroso.

Tuvieron que esconderse
tras las rocas para defenderse
de las fieras.

Navegaron en un barco mágico,
entre ataques de piratas y caimanes.

Después, se fueron a descansar
y durmieron en la cueva de los osos.

Cuando llegó la mamá
de Enrique, dijo:

—Qué pena que no
hayan podido salir a
ninguna parte por la
lluvia...

A los tres les dio mucha risa.
Y las mamás no sabían por qué.

Ana María Machado

Es originaria de Brasil, donde estudió pintura, pero luego de doce años de carrera decidió dedicarse a las letras. Es autora de numerosos libros infantiles y para adultos, que se han publicado en más de 17 países. Ellos la han hecho ganadora de una infinidad de premios, entre los que se encuentra el Hans Christian Andersen.